I0548671

8°

THÉOPHILE DEFOURNOUX

CHEVALIER DE SAINT-MAURICE ET DE SAINT-LAZARE.

ÉLÉGIE

CLERMONT-FERRAND,

—

LIBRAIRIE DE PARIS-BEAULIEU

Rue Saint-Genès, 7.

41486

ÉLÉGIE.

THÉOPHILE DEFOURNOUX,

Chevalier de Saint-Maurice et de Saint-Lazare.

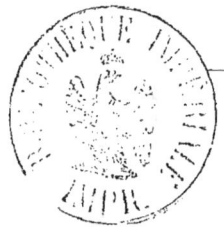

1er NOVEMBRE.

Ye

41486

THÉOPHILE DEFOURNOUX

CHEVALIER DE SAINT - MAURICE ET DE SAINT - LAZARE.

ÉLÉGIE

CLERMONT-FERRAND.

—

LIBRAIRIE DE PARIS-BEAULIEU

Rue Saint-Genès, 7.

A LA MÉMOIRE

DE MA SOEUR.

ÉLÉGIE.

———◦◦◦———

> Elle dort maintenant la jeune trépassée...
> . . . .
> Et si, dans cette tombe où nous l'avons laissée
> Quelque fête des morts la réveille glacée
> Par une belle nuit d'hiver...
>
> V. HUGO ·(*Les Fantômes*).

I.

C'est toi qui frappes à ma chambre,

Viens, mois des morts, viens, je suis seul...

Je t'attendais, pâle Novembre,

Sèche à mon feu ton blanc linceul.

Ainsi ta majesté morose

Chaque année entre et se repose

A mon foyer toute une nuit;
Sieds-toi, vieillard, voici ta place;
J'aime à presser tes mains de glace
Et quand tu pars, mon cœur te suit.

Comment as-tu trouvé ma porte
Si loin?... Dis-moi qui t'a conté
Qu'un jour la brise qui t'apporte,
A cette rive m'a jeté?
Oh! parle-moi de ma montagne,
Roi, qu'a fait la mort ta compagne
Depuis six mois dans mon hameau?
Dis-moi si la moisson est belle,
Combien de fosses compte-t-elle,
Sous l'if où j'attends mon tombeau?

Mais, à l'ombre de leur croix noire,
Laissons les autres morts dormir,
Je n'ai, tu sais dans ma mémoire,
Qu'une morte... qu'un souvenir:
Voici le quatrième automne!...
Morne faucheur que rien n'étonne,
Toi dont le rire est fait des pleurs,
Si demain sur sa froide couche
Tu passais, de ton pied farouche
Ne va pas écraser les fleurs.

Car c'est ainsi qu'en ses domaines
Agit ta sombre royauté,
Tu renverses comme ombres vaines,
Les croix et les fleurs de l'été.
Il en est tant de mensongères!...
Certes les morts ne tiennent guères
A ces gages froids et railleurs...
Mais les fleurs que ma main fidèle
Sur sa tombe sema pour elle,
Novembre, ont pris racine ailleurs.

Aussi dans sa rage qu'importe
Qu'un vent sorti de ton manteau
Un soir sans pitié les emporte,
Les pauvres fleurs loin du tombeau?
Le vent de l'humble cimetière
Où j'ai cloué mon âme entière
Ne saurait l'arracher jamais...
L'amour est une fleur céleste,
Les autres passent, l'amour reste,
J'aime aujourd'hui comme j'aimais.

Lors, une main sur son épaule
Le froid vieillard dit au rêveur :
Pourquoi des vers, des fleurs, un saule
Sur une tombe?... La douleur

Qu'à vos vivants la mort inspire
Fait tordre d'un amer sourire
La lèvre de mes trépassés...
Qu'ils se lèvent dans leur suaire,
A leur premier anniversaire
Ils trouvent tous vos cœurs glacés.

Pourtant au jour des funérailles
On a versé des pleurs à flots,
Aux portes closes, aux murailles
On a confié ses sanglots,
Longs voiles noirs, noires mantilles
Rien ne manquait aux jeunes filles
Pour abriter leur cœur en deuil ;
Si les pleurs promis à ta cendre,
Mort, dans ta fosse allaient descendre,
Ils te noieraient dans ton cerceuil.

Dix jours, vingt jours, un mois encore,
Et l'on sourit à son miroir ;
Quel beau soleil, et comme il dore
Ces blonds cheveux sur un fond noir !
La tombe alors devient coquette
Roses, cyprès, lys, on lui jette
Tous les parfums, tous... mais le cœur ?
Le cœur n'en cherche plus la trace,

On l'a perdu devant sa glace...
Ainsi s'en va votre douleur.

Aussi mon âme est-elle en joie
Quand parcourant vos champs de deuil
Mon pied vengeur insulte et broie
Cet étalage de l'orgueil ;
Fleurs, simples croix, marbres, tout tombe.
S'il me fallait choisir la tombe
J'aurais trop à faire, et vraiment
Les larmes sont froides et fausses
Partout, sur les modestes fosses,
Autant qu'au front du monument !...

Pour toi, poëte, je veux croire
Qu'amers et tristes sont tes pleurs,
J'en sais par toi la folle histoire.
Ton cœur est sincère, et d'ailleurs
Enfants, la douleur vous amuse,
Rien n'est si beau que votre Muse
Penchée aux lèvres d'un tombeau ;
Vos chansons ont bien plus de charmes
Quand elles trempent dans vos larmes,
Pleurez toujours, rien n'est si beau.

Mais, feu flambant et portes closes,

Nous causerions jusqu'à demain,

Pourtant l'Aurore aux doigts de roses

Doit me rencontrer en chemin,

Car je veux voir tout mon royaume

Depuis le palais jusqu'au chaume,

Morts opulents et pauvres morts ;

Roi populaire, peu m'importe,

Tous entrent par la même porte,

Nul n'en revient... Bonsoir, je dors...

II.

Le vieillard s'endormit.... Les sables sur les grèves
　　　S'entassent moins pressés
Que les funèbres rangs qu'ouvrit devant ses rêves
　　　L'essaim des trépassés :
Tous avaient pour fêter sa Majesté farouche
　　　Gardé le sombre sceau
Qu'imprime sur le front, hélas ! et sur la bouche
　　　La terre du tombeau ;
Tous étaient, suivant l'heure où Dieu les fit descendre
　　　Dans la nuit du cercueil
Un peu moins décharnés, ou bien un peu plus cendre,
　　　Dernier mot de l'orgueil !
Une vierge entr'ouvrait deux grands yeux sans lumière
　　　Jadis faits pour charmer,
Que sans doute la Mort, trop rapide ouvrière
　　　N'avait pas su fermer ;
Un jeune homme... mon Dieu, son fiancé peut-être
　　　La tenait par la main....
Ah ! quand la Mort le veut, l'amour qui vient de naître
　　　N'a pas de lendemain !

Une mère entraînant son enfant avec elle
    Semblait penchée encor,
Comme pour effacer cette empreinte cruelle
    Qu'avait faite la Mort.
La trace de son doigt te serait moins amère
    Si tu savais que ceux
Qui sont restés là-haut, n'ont plus, ô pauvre mère,
    De larmes pour vous deux !
Un autre, un penseur libre, ennuyé de trop vivre
    Et qui s'était enfui
Avant l'heure, à la main tenait encore un livre,
    Poussière comme lui....

. . . .

    . . . .

Or la vague des Morts à chaque instant plus prompte
    Montait, montait toujours...
Novembre souriait, pareil au fou qui compte
    Son trésor tous les jours.
Le poëte songeait; son œil profond et morne,
    Enfin lassé des pleurs
Regardait fixément dans le monde sans borne
    Des muettes douleurs;
Pourtant le rire éclos sur la lèvre tarée
    Du vieillard endormi
Eut un sens si brutal, que la Muse effarée
    Traduisit à demi :

« Vieil avare, dit-elle, il fait son Dieu du nombre,
        Il compte insoucieux
De savoir à quels noms, à quel âge chaque ombre
        Répondait sous les cieux;

» Il a raison, vraiment; car, dis-moi, mon poëte,
        Noirs épis du trépas,
Est-ce que tous ces morts en phalange muette
        Ne se ressemblent pas?

» Pourrais-tu, toi qui sais tant de choses, me dire
        Quelle étoile a lui
Sur terre, dans ces yeux sans pleurs et sans sourire
        Qui passent devant lui?

» Quels sont parmi ces Morts, ceux dont le front morose
        Resta courbé toujours,
Et ceux qui, l'œil au ciel, effeuillèrent la rose
        Et les lys des beaux jours?

» Sais-tu ceux que la Mort vient prendre en leur chaumière
        Où noircissait leur pain,
Et ceux qui gorgés d'or, saturés de lumière,
        N'eurent jamais de faim?

» Il en est qui chantaient, mais leurs voix étaient frêles,
        Bientôt leur chant s'est tu...
Cygnes, déjà les vers ont donc rongé vos aîles?...
        Dis, les reconnais-tu?

» Reconnais-tu ceux-là qui, pour calmer leur fièvre
        Ou bien pour l'exciter,

Dans la coupe des dieux trempaient leur noble lèvre,
    Toujours prête à chanter?
» Reconnais-tu ceux-là qui dans leur main puissante
    Ployaient la strophe en feu,
Tantôt ravie aux flots de la mer écumante
    Tantôt au grand ciel bleu.
» Parfois sans frein, bouillante, emportant le génie
    Comme un vent en courroux,
Parfois prenant à Dieu sa douceur infinie,
    Murmurée à genoux;
» Et puis il est encor parmi ces ombres folles
    Des amoureux plaintifs
Dont la Mort s'est moquée, et leurs tendres paroles
    Ont fini sous les ifs :
» La lumière du cœur, ô mon poëte, est celle
    Qui jette un plus grand jour,
Sur ces fronts décharnés, montre-moi l'étincelle
    Où s'allumait l'amour?
» Cette lèvre autrefois d'une âme qui s'embrase
    Était l'écho... voyons
De son dernier bonheur, de sa dernière extase,
    Montre-moi les rayons? »

III.

La Muse alors se tut... Enfant craintive et blonde
   Avait-elle un remords
D'user ses grands yeux bleus à regarder la ronde
   Éternelle des morts ?
Craignait-elle qu'un vent sorti de ces poussières
   Vint la fouetter au front
Et glacer d'un baiser ces lèvres cavalières
   Qui leur jetaient l'affront ?...
Plus sombre encore était le regard du poëte.
   Elle lui prit la main,
Et se pencha plus près sur cette âme inquiète
   Qu'elle évoquait en vain.
Alors des rangs épais des squelettes sans nombre
   Sortit comme une fleur
Un visage charmant et qui n'avait d'une ombre
   Que la douce pâleur ;
Les autres Morts semblaient la voir avec envie
   Car elle avait encor
Ce sourire enivrant qui fleurit dans la vie
   Et que fane la Mort ;

Ses blonds cheveux flottaient sur ses épaules blanches,
          Et ses yeux éclatants
Regardaient pleins d'amour, ainsi que des pervenches
          Regardent le printemps.
Novembre s'éveilla devant ce blanc fantôme
          Qui l'avait ébloui,
Et semblait dans l'horreur de son morne royaume
          Un lys épanoui.
L'ombre comme une amie au foyer bien connue
          Et qu'on voit chaque soir
Était, près de la Muse et du rêveur, venue
          Carressante, s'asseoir.
Elle avait dans sa main pris leur main frémissante...
          O groupe éclos des cieux !
Sur les fronts la douleur, et, charme qui l'enchante,
          L'amour dans tous les yeux !
Novembre dans la nuit regardait si l'Aurore
          Allait bientôt venir
Quand d'un ardent baiser la Muse fit éclore
          L'hymne du souvenir.

IV.

Sur ton front adoré quand la tombe fut close
Et que, pressé, le prêtre eut récité la prose
    Qui bénit ton linceul,

Les parents, les amis, tous ceux qu'un glas rassemble
Ensemble indifférents, s'en allèrent ensemble
    Et moi, je restai seul.

Voilà onze ans bientôt; ce fut triste sans doute,
Puisque depuis onze ans, mon cœur encore écoute
    Ce qu'il s'est dit alors.

De cette heure funèbre il a creusé la trace.
Va, ma lèvre n'est pas une lèvre où s'efface
    L'adieu fatal des morts.

J'ai cru que je devais m'attacher à ton ombre,
Que c'était le lien et la promesse sombre
   Du suprême baiser ;

J'avais bu la douleur sur ta bouche livide
Et sachant que la coupe était pour toujours vide
   J'avais dû la briser.

J'ai pensé qu'en mon cœur qui ne battait plus libre
La fibre de l'amour éternel, et la fibre
   De l'éternel regret,

Que tout ce qui sourit et que tout ce qui pleure
Pour toi seule devait, jusqu'à ma dernière heure,
   Palpiter en secret ;

Aussi depuis ce jour la mort que rien n'arrête
Parmi ceux que j'aimais a pris plus d'une tête,
   La mort fauche à loisir !

Eh ! bien, demande-lui, la folle moissonneuse
N'a pu sur ces tombeaux que sa main froide creuse
   M'arracher un soupir.

Ils disent que l'on doit prier pour ceux qu'on aime,
Mais sur ma foi ta mort avait fait la nuit blême;
      Et ce monde meilleur

Où les âmes s'en vont dépouiller leur poussière
A disparu d'abord sous les six pieds de terre
      Qu'ouvre le fossoyeur.

Et puis, que m'importait que ton âme envolée,
Sur les ailes d'un ange au ciel s'en fut allée?
      Je la suis en tout lieu

Ton âme dans la mienne à jamais confondue,
Et j'irais renouer l'extase interrompue
      S'il me plaît, jusqu'à Dieu.

Pourquoi s'inquiéter de cette âme immortelle?
Elle va sans obstacle où son destin l'appelle,
      Où trébuche le temps...

Mais ce corps, qui sitôt laissait sa place vide,
Ce front blanc, ces grands yeux, pris dans l'azur humide
      D'un matin du printemps,

Ces blonds cheveux, ces mains si tristement glacées
Où mes lèvres en deuil n'étaient pas effacées...
            O doux ange, voilà

Ce qui clouait mes pieds à la funèbre enceinte,
Et pourquoi de la nuit l'impérieuse étreinte
            Me surprit encor là.

Je partis, mais avant, je promis à la tombe
(Le serment est plus grave à l'heure où la nuit tombe),
            Un éternel hymen ;

Pour causer avec toi je laissai ma pensée,
Et comme un doux écho de mon âme apaisée
            Je crus sentir ta main ;

Et la tombe me dit : « C'est bien, reste fidèle
A cet ange endormi que je mets sous mon aile.
            O rêveur, tu l'aimais !

Voici la nuit, va-t'en, pauvre cœur solitaire,
Va dans l'ombre pleurer ce trésor que ma terre
      Ne flétrira jamais. »

La tombe, ô mon amour, a gardé sa parole,
Car vous avez encor au front une auréole,
      Car vous avez toujours

Ce sourire où la mort n'a pu laisser une ombre
Et ce charme qui fit si rapide le nombre
      Tant pleuré des beaux jours.

Vos cheveux, blond manteau de la nuit éternelle,
Sont beaux comme à l'aurore où vous étiez si belle,
      N'ont-ils pas, regardez

— Car la terre sur eux n'a point mis sa souillure, —
Les célestes rayons et la nuance pure
      De ceux que j'ai gardés ?

Votre bouche... elle fuit ! quoi, c'est déjà l'aurore !
Doux fantôme, tu fuis !... reviendra-t-elle encore,
        Novembre ?... De lourds pas

Répondaient du dehors, où gémissait la brise.
L'Aube de froid tremblante apparut, et l'église
        Recommença ses glas.

            THÉOPHILE DÉFOURNOUX.

Ile de Jersey, 24 décembre 1859.

Riom.— Imprimerie de U. JOUVET.

www.ingramcontent.com/pod-product-compliance
Lightning Source LLC
Chambersburg PA
CBHW061520170626
46811CB00004B/1782